Tema: La familia   **Subtema:** Miembros familiares

Notas para padres y maestros:

¡Es muy emocionante que un niño comience a leer! Crear un ambiente positivo y seguro para practicar la lectura es importante para animar a los niños a cultivar el amor por ella.

RECUERDE: ¡LOS ELOGIOS SON GRANDES MOTIVADORES!

Ejemplos de elogios para lectores principiantes:

• ¡Tu dedo coincidió con cada palabra que leíste!
• Me gusta cómo te ayudaste de la imagen para descifrar el significado de esa palabra.
• Me encanta pasar tiempo contigo y escucharte leer.

¡Ayudas para el lector!

Estos son algunos recordatorios para antes de leer el texto:

• Señala con cuidado cada palabra que leas para que lo que dices coincida con lo que está impreso.

• Mira las imágenes del libro antes de leerlo para que notes los detalles en las ilustraciones. Usa las pistas que te dan las imágenes para entender las palabras de la historia.

• Prepara tu boca para decir el sonido inicial de una palabra y ayudarte a entender las palabras de la historia.

Palabras que debes conocer antes de empezar

agua

casa

limpia

perro

piso

platos

ropa

ventanas

DÍA DE LIMPIEZA

De Constance Newman

Ilustrado por Brett Curzon

Rourke
Educational Media
rourkeeducationalmedia.com

Es día de limpieza.

Puedo ayudarte.

Papá trapea el piso.

Puedo ayudarte.

Mamá lava los platos.

Puedo ayudarte.

Abuelita lava la ropa.

Puedo ayudarte.

¡Ay, no!

¡Ten cuidado, Max!

Mi hermano limpia las ventanas.

Puedo ayudarte.

Mi hermana baña al perro.

¡Ay, no! ¡Regresa!

¡Hay agua en todas partes!

¡Hay ropa en todas partes!

¡Hagámoslo de nuevo!

Ahora, la casa está limpia.

Ayudas para el lector

Sé...

1. ¿Qué hizo la familia?

2. ¿Qué hizo papá?

3. ¿Qué hizo mamá?

Pienso...

1. ¿Hay un día de limpieza en tu casa?

2. ¿Qué limpias tú?

3. ¿Cuántos miembros de la familia viven en tu casa?

Ayudas para el lector

¿Qué pasó en este libro?
Mira cada imagen y di qué estaba pasando.

Sobre la autora

A Constance Newman le encanta escribir libros para jóvenes lectores. A menudo, para escribir se inspira viajando a lugares lejanos y viendo cosas nuevas y emocionantes. Vive en Minnesota, ¡donde el clima es a menudo perfecto para acurrucarse junto a un fuego acogedor con un buen libro!

Sobre el ilustrador

Nacido en Sídney, Australia, Brett Curzon vive actualmente en la parte norte de Nueva Gales del Sur con su familia, su esposa, tres niños, dos perros y un gato malvado. El arte fantasioso de Brett Curzon se puede apreciar en algunos libros infantiles y hasta en botellas. Si no está trabajando intensamente, se le puede encontrar en el océano, o al menos a unos pies de distancia.

Library of Congress PCN Data

Día de limpieza / Constance Newman

ISBN 978-1-64156-369-7 (hard cover - spanish)
ISBN 978-1-64156-057-3 (soft cover - spanish)
ISBN 978-1-64156-130-3 (e-Book - spanish)
ISBN 978-1-68342-699-8 (hard cover - english)(alk. paper)
ISBN 978-1-68342-751-3 (soft cover - english)
ISBN 978-1-68342-803-9 (e-Book - english)
Library of Congress Control Number: 2017935345

Rourke Educational Media
Printed in the United States of America,
North Mankato, Minnesota

Editado por: Debra Ankiel
Dirección de arte y plantilla por: Rhea Magaro-Wallace
Ilustraciones de tapa e interiores por: Brett Curzon
Traducción: Santiago Ochoa
Edición en español: Base Tres